Toutes les femmes s'appellent Marie

38, rue La Condamine
75017 Paris

Dépôt légal : janvier 2012
ISBN : 9782755609264
Imprimé en France

Régine Deforges

Toutes les femmes s'appellent Marie

roman

Hugo&Cie

À Serge

1

Comment nommer ce que j'entreprends ici ? Journal ?… Mémoires ?… Récit ?… Confessions ?…

Je n'aime guère le mot « confession » qui signifie pour moi un aveu, quelque chose que l'on doit se faire pardonner, un regret, un remords. Des remords, je n'en ai pas. Des regrets, j'en ai des milliers. Je n'ai rien à me faire pardonner et quant à pardonner, je ne le puis : on ne pardonne pas au vent quand il souffle en tempête, on le subit.

Il devrait exister un mot dans la langue française pour dire la colère, la révolte qui gronde en moi. Mais la France est un pays bien trop chrétien pour qui la colère est un péché mortel, et la révolte, un mouvement qu'il faut maîtriser. Les révoltes, au fil des siècles, ont toutes été brisées, jamais avec douceur, souvent dans le sang. Ce qui ne les empêche pas de renaître sporadiquement. Que peuvent des mains nues qui se tendent pour demander justice ? Des fleurs pour amadouer le vainqueur ? Que peuvent des larmes pour apaiser le chagrin ? Et les rires d'un enfant face à la mort du père ?

Qui dira le désespoir d'une femme dont le lit est désert, dont les draps sont froids ?... Qui dira ses lèvres tendues vers un baiser qui ne viendra pas ?... La douleur de ses seins qu'aucune main d'homme ne caressera plus ?... Celle de son ventre sec et brûlant ? Qui dira ses cris ?... Ses gémissements ?... Son désir de mort ?... Oui, de mort !... La mort qui lui a pris son homme, la mort qu'elle appelle de tous ses vœux, vers laquelle elle tend ses bras.

Qu'elle vienne ! Oh oui, qu'elle vienne !… Elle se couchera entre la mort et son amant contre lequel elle collera son corps. Devant les orbites vides, ils feront l'amour et crieront leur plaisir face à ce crâne d'ivoire jauni. La mort assistera, impuissante, à leurs ébats qu'elle ne pourra pas faire cesser puisqu'ils sont morts.

À quoi bon divaguer au sujet des mots qui manquent, de la mort qui survient quand bon lui semble, « nul ne connaît ni le jour ni l'heure », c'est ce qu'on dit. Je doute que l'on sache de quoi on parle. L'heure et le jour de la mort, on les connaît si, soi-même, on les décide. Et moi, je les ai décidés. Ce sera cette nuit, à l'aube d'un nouveau jour, que je rejoindrai l'homme que j'aime avec notre fils.

Cependant, avant ce grand voyage, je dois dire, non pas avouer, dire, pourquoi maintenant, et non il y a quelques années, puisque les conditions étaient les mêmes, à une nuance près, mon fils était un enfant, je dois dire pourquoi j'agis ainsi.

Emmanuel, en grandissant, s'est révélé être différent de ceux de son âge, refusant toute autre compagnie que la mienne, de parler, de se nourrir normalement. Pendant longtemps, j'ai nié cette réalité, je n'avais pas encore tué l'espoir d'un changement. Il a fallu le drame de ces jours derniers – une tentative de viol sur une jeune fille – pour que je prenne conscience de l'irrémédiable. J'accomplis aujourd'hui ce qui doit être acccompli.

Quand Philippe, mon époux, est revenu de la guerre après avoir subi une trépanation et avoir été gazé, nous nous sommes retrouvés et aimés. Un enfant est né, un garçon, que nous avons prénommé Emmanuel, qui signifie en hébreu « Dieu est avec nous ».

Je me suis alors remémoré les paroles de l'ange Gabriel à Marie : « Sois sans crainte,

Marie, car tu as trouvé grâce auprès de Dieu. Voici que tu concevras dans ton sein et enfanteras un fils, et tu l'appelleras du nom de Jésus. Il sera grand, et sera appelé Fils du Très-Haut. Le Seigneur Dieu lui donnera le trône de David, son père. Il régnera sur la maison de Jacob pour les siècles et son règne n'aura point de fin. »

Peu de temps après la naissance de son fils, Philippe mourut. La douleur de cette perte faillit me rendre folle au point de vouloir le rejoindre. Mais Emmanuel avait besoin de moi. Je quittai notre demeure et m'installai ici, face à la mer, dans cette maison isolée, contre l'avis de mes parents. En effet, depuis mon veuvage, ma mère tenait à s'occuper de moi et de mon enfant. C'est une personne généreuse mais autoritaire qui voulait choisir à ma place les meubles de la maison, organiser mon emploi du temps et surtout me trouver un nouveau mari. Une femme du village voisin vient chaque jour s'occuper du ménage et de la cuisine. Marie-Louise, qui n'a pas d'enfant, a pour mon fils un amour presque aussi grand que le mien.

Quand Emmanuel était dans mes bras et que je le nourrissais, j'éprouvais un intense plaisir, semblable à celui que j'éprouvais en faisant l'amour avec son père. Cette jouissance, plusieurs fois renouvelée dans la même journée, me donna la force de vivre. La musique m'aida aussi. Je m'étais remise au piano. Je pouvais jouer pendant des heures, comme au temps de mon bonheur enfui. Chopin, oh mon cher Chopin !... avec toi, ma peine s'endormait.

Au fil des années, Emmanuel devint un bel enfant, en pleine santé. Je le nourrissais toujours en dépit du docteur Moreau qui me disait qu'il était en âge d'être sevré. Plusieurs fois, j'ai essayé de lui donner un biberon ou toute autre nourriture : il refusait et pouvait rester deux ou trois jours sans manger. Alors, j'ai continué à le nourrir. Le bout de mes seins étaient très douloureux, longs et gros comme mon pouce. À tout moment, il dégrafait mon corsage et sortait un de mes seins qu'il portait à sa bouche et tétait goulûment. Le soir, il s'endormait en tétant, donnant des coups de tête quand mon lait ne coulait pas assez vite. Bientôt, il eut cinq ans, huit ans, dix ans… Il devenait de plus en plus fort, de plus en plus beau. Une chose cependant m'inquiétait : il ne parlait pas et ne s'exprimait qu'avec des grognements. Le docteur Moreau nous envoya chez des spécialistes qui tous reconnurent qu'Emmanuel était intelligent mais vivait dans un autre monde dont j'étais le centre. Je revenais de ces rendez-vous anéantie. J'entrepris alors de me rendre à Lourdes, accompagnée de Marie-Louise, où la vue de ces centaines de chaises roulantes dans lesquelles se tassaient des êtres au corps déformé, aux yeux sans vie, à la bouche ouverte et bavante, me jetait dans une terreur sans nom. Mon petit garçon ne ressemblait pas à cela, il était ravissant et vigoureux.

Les boutiques d'objets religieux lui plaisaient beaucoup. Il allait de l'une à l'autre avec des cris de joie. Il s'arrêta devant l'une d'elles et me désigna un buste de la Vierge en porcelaine dont le vêtement était parsemé de fleurettes. À côté des horreurs exposées, le buste était ravissant ; je l'achetai et le donnai à Emmanuel qui le couvrit de baisers.

J'allai à Lisieux me prosterner aux pieds de la petite sainte Thérèse, celle qui disait vouloir faire pleuvoir des pétales de roses sur la Terre. Oh, comme je la priais ! À Paris, je m'agenouillai devant la Vierge de la rue du Bac en compagnie d'autres malheureux, devant sainte Rita, la patronne des causes désespérées… Mes prières restèrent sans réponse. Vint le temps des charlatans… Combien se penchèrent sur mon enfant en murmurant des incantations, entourant les murs de sa chambre d'un fil de cuivre, chargé d'éloigner les démons et autres mauvais esprits ! Ni Dieu, ni ses saints, ni la Vierge Marie, ni les salauds qui exploitent la misère de ceux qui souffrent n'apportèrent le moindre changement. Pendant tout ce temps, je lisais des livres traitant des déficiences mentales, mais aucun ne m'apportait de réponse. J'en conclus que le monde médical était impuissant et que les traitements proposés étaient empiriques.

Le docteur Jean Moreau fit venir d'Allemagne un éminent professeur qui s'intéressait à la descendance des soldats gazés. Il étudia longuement le comportement d'Emmanuel, fit faire des analyses, lui proposa des jeux pour tester ses réactions, son intelligence : l'enfant se jouait de toutes les difficultés. Le docteur Moreau et moi attendions son verdict avec un mélange d'angoisse et d'espoir. Cet homme de l'art, lui-même grand blessé, nous parla les yeux remplis de larmes.

– Il n'y a rien à faire… Cet enfant est très intelligent. Il est enfermé dans un univers inconnu de nous, dont lui seul connaît les codes. Son lien avec le monde se réduit à sa mère. Les séparer équivaudrait à le tuer. Je ne pense pas que le temps changera cela. Jamais il ne parlera, ne se comportera comme un enfant de son âge. Vous devez l'accepter. Il faut que la mère et l'enfant puissent vivre en paix, sans les pressions morales de la société.

Je me confiai au curé de notre village. C'était un brave homme, simple et bon qui m'écouta sans m'interrompre.

– Mon enfant, vous traversez là une rude épreuve. Je ne peux rien pour vous si ce n'est prier pour que Dieu vous soutienne dans ces moments difficiles.

– J'ai déjà tant prié, mon père ! Dieu ne répond pas ! Il est sourd. Je suis seule face à cet enfant différent des autres. Souvent, j'ai envie de mettre fin à mes jours et aux siens.

– N'en faites rien, je vous en supplie ! Ce serait un péché mortel !

– Le péché mortel, c'est Dieu qui l'a commis en le faisant naître !

– Arrêtez, Marie, vous blasphémez !

Je me mis à pleurer avec de gros sanglots. Le prêtre me serra dans ses bras, murmurant des mots de consolation.

– J'ai peur, j'ai si peur !

– Je sais, mon enfant. Dieu et votre amour pour votre fils vous aideront à surmonter cette peur.

– Vous croyez ?

– J'en suis sûr. Pensez à Marie, la mère de Jésus, à sa souffrance devant le supplice de son fils, à sa joie au moment de sa résurrection…

– Pour cela, il a fallu qu'il meure.

La tête baissée, l'homme de Dieu avait l'air misérable.

– En donnant la vie à cet enfant, je lui ai donné pire que la mort. Comment pourrais-je le pardonner à Dieu !

– Taisez vous ! La douleur vous égare.

J'éclatai de rire.

– Pourquoi riez-vous, mon enfant ? Vous me faites penser à Sara, la femme d'Abraham, s'écriant en riant quand son fils Isaac est né alors qu'elle était une vieille femme : « Elohim m'a donné occasion de rire : quiconque l'apprendra rira à mon sujet. »

– Dieu, au moins, avait exaucé les prières de Sara.

– Il exaucera les vôtres.

– Qu'il vous entende !

– Dieu vous inspirera ce qu'il faut faire. Allez en paix.

Le curé me donna sa bénédiction et je rentrai à la maison un peu rassérénée. Quand Emmanuel me vit, il se jeta contre moi, dégrafa mon corsage, me prit un sein sans ménagement et me téta goulument. Résignée, je le laissai faire.

2

Le docteur Moreau offrit un chiot à mon fils, un délicieux briard qui devint très vite le compagnon de jeux d'Emmanuel et, quelquefois, son souffre-douleur. Le chien, prénommé Lamy, fit montre d'une heureuse nature qui se développa en grandissant. Un jour qu'ils jouaient sur la plage, j'entendis crier le nom du chien et, à ma grande surprise, je m'aperçus que c'était Emmanuel qui l'appelait. Un espoir fou m'envahit : j'appelai le médecin pour lui annoncer la bonne nouvelle :

– Je viens, dit-il simplement.

Moins d'une heure plus tard, il descendait de voiture et dévalait l'étroit sentier qui menait à la plage. Comme moi, il constata qu'en effet, mon fils pouvait parler. Il me prit le bras : son émotion était palpable. Nous remontâmes tous les quatre vers la maison. Là, il s'adressa à Emmanuel, qui semblait l'écouter attentivement, tout en caressant son chien qui grognait de plaisir. Il écoutait mais ne disait rien.

– Leroy, viens ici ! ordonna le médecin.

Emmanuel resserra son étreinte autour du cou de l'animal.

– Pas Leroy, s'écria-t-il distinctement, Lamy !

Les yeux de notre ami brillaient. Il appela le chien tantôt Legrand, Legros, Lebeau… À chaque fois, Emmanuel rectifiait le nom.

– Il faut que j'en parle à mon maître ! Je pars pour Paris demain. Peut-être voudra-t-il le voir. Dans ce cas, il faudra faire le voyage.

– Je ferai tout ce que vous voudrez.

– Cependant, chère Marie, ne vous bercez pas de fausse joie… ajouta-t-il en partant.

Le lendemain soir, je recevais un télégramme me demandant de venir au plus vite avec Emmanuel.

Le père Michel, qui tient l'épicerie-buvette du village et fait office de taxi, nous conduisit à la gare. Malgré mes craintes, le voyage se passa bien ; il est vrai que j'avais donné une forte dose de calmant à mon fils. Le docteur Moreau nous attendait à la gare et nous conduisit à l'hôtel Meurice où il avait retenu un appartement donnant sur le jardin des Tuileries.

– Nous avons rendez-vous demain avec le professeur B. D'ici là, ne donnez aucun sédatif à Emmanuel. D'autre part, je vous conseille de prendre vos repas dans votre chambre. Salut, Emmanuel !

– Salut, docteur !

La stupeur qui se peignit sur le visage de notre ami me fit éclater de rire, aussitôt imitée par Emmanuel.

La soirée fut fort gaie. Nous bûmes un peu de champagne et nous nous couchâmes de bonne heure. Emmanuel s'endormit en me tétant.

Je fus tout de suite en confiance avec le professeur B. tant il émanait de lui à la fois de la bonté, de l'intelligence et de la sagesse. Je remarquai qu'Emmanuel, aussi, se sentait en sécurité. Il se laissa examiner sans broncher, tandis que je répondais aux questions du professeur. Deux de ses élèves assistaient à l'examen: un jeune homme et une jeune fille qu'Emmanuel dévorait des yeux. Il est vrai qu'elle était fort belle. Soudain, il la montra du doigt avec un grand sourire.

– Maman!... Maman!...

– C'est ma foi vrai qu'il y a une certaine ressemblance entre Virginie et vous, chère madame, fit le professeur, et votre fils l'a remarquée.

Agacée, je haussai les épaules sans répondre tandis que les assistants du professeur préparaient différents tests à soumettre à Emmanuel. À mesure que l'examen se déroulait, je voyais le doute s'inscrire dans leurs esprits. Emmanuel se jouait des difficultés proposées.

– C'est tout à fait exceptionnel, murmura le professeur.

– Il n'entre dans aucune des catégories que nous connaissons, dit Virginie.

– C'est un cas qui dépasse nos compétences, gémit presque le professeur en essuyant les verres de ses lunettes.

Je sentais la colère monter en moi.

– Est-ce à dire qu'il n'y a rien à faire ? m'écriai-je.

– Dans l'état actuel de nos connaissances, c'est hélas exact.

J'éclatai en sanglots. Emmanuel se précipita sur moi, geignant comme un animal. J'étais sans force pour l'empêcher de dégrafer mon corsage et de saisir un de mes seins qu'il se mit à téter de toutes ses forces. Virginie poussa un cri et se détourna en rougissant tandis que les trois hommes nous contemplaient, atterrés. Le docteur Moreau fut le premier à réagir. Il parla doucement à l'oreille d'Emmanuel qui, bientôt, lâcha mon sein. Un peu de lait coula le long de son menton. Je me rajustai et me levai pour prendre congé.

– Que lui avez-vous dit ? chuchotai-je à l'oreille de Moreau.

– Qu'il vous faisait mal.

La vie reprit, comme avant, plus désespérée, peut-être. Mon fils grandissait. Quand il eut quinze ans, je tentais une nouvelle fois de lui refuser mon sein. Il entra alors dans une colère effroyable devant laquelle je cédai.

3

Pour son quinzième anniversaire, j'offris à Emmanuel un cheval qui devint très vite son ami. L'animal rejoignit ma jument à l'écurie. Rapidement, Emmanuel fut un excellent cavalier. Nous galopions, tôt le matin, des heures durant, le long de la mer. Parfois, mon fils partait seul galoper sur la plage. C'était un plaisir de les voir comme soudés l'un à l'autre. Emmanuel montait à cru et faisait corps avec sa monture. Le chien Lamy gambadait autour d'eux en aboyant. L'été, il prit l'habitude de chevaucher nu. J'essayais en vain de m'y opposer. Un jour, une femme se présenta disant qu'Emmanuel avait essayé de violer sa fille. Des pécheurs, assistant à la scène, l'avaient retirée des mains de mon fils. Celui-ci, le sexe dressé, était entré dans une rage folle. Les pécheurs l'avaient maitrisé avec difficulté. J'appelai le docteur Moreau qui lui donna des calmants. Emmanuel s'endormit en me tétant. Le docteur, avant de parler, nous contempla longuement.

– Cela ne peut plus durer, Marie. Vous devez vous séparer de lui. Il devient un homme avec des désirs que vous ne pouvez satisfaire. Je m'occupe d'un établissement où il sera bien traité...

– Jamais ! Vous entendez. Jamais !

– Il le faut. La scène d'aujourd'hui risque de se reproduire...

– Je l'empêcherai de sortir ! Je trouverai une solution.

– Laquelle ? Comment ferez-vous ? Il est beaucoup plus fort que vous.

– Je vous en supplie, attendez encore quelque temps.

Le médecin resta silencieux un long moment puis, haussant les épaules, dit :

– Quelques jours seulement, je ne veux pas être responsable de ce qui peut arriver.

– Merci, Jean ! Merci !

– Si vous voulez me remercier, arrêtez de le nourrir comme un bébé. Vous m'aviez dit que cela était fini.

– Je sais… Il refuse tout autre aliment que mon lait. Je ne vais pas le laisser mourir de faim !

– Cela ne se produira pas.

– Qu'en savez-vous ?

– C'est l'évidence même. Au bout de quelques jours de diète, il mangera n'importe quoi. Il faut qu'il devienne adulte bien qu'il n'ait pas plus de quatre ans d'âge mental.

– Vous voyez bien qu'il n'est pas responsable…

– Je le sais, hélas ! Cela n'empêche pas qu'il puisse être dangereux et que je doive vous protéger, ainsi que les jeunes filles qu'il peut croiser, de ses pulsions sexuelles.

– Je ne risque rien !

– Je n'en suis pas si sûr. Si vous voulez l'aider, cessez d'abord de lui donner le sein. En attendant, faites-lui avaler ces comprimés trois fois par jour. Cela devrait le calmer.

Emmanuel avait lâché mon sein et dormait l'air apaisé.

– On dirait un ange endormi, murmura le médecin avant de s'en aller.

Il s'arrêta et revint sur ses pas.

– Marie, il m'est venu une idée singulière… Je ne sais si je dois vous en faire part.

– Dites, mon ami.

– Voyons, comment dire cela sans vous blesser ?

– Courage, Jean, nous nous connaissons depuis longtemps maintenant, je vous en prie, parlez.

Le médecin resta longtemps silencieux.

– Vous savez, Marie, depuis des années, je vous conseille de refaire votre vie, vous êtes jeune et très belle, vous n'aurez aucun mal à trouver un époux.

– Je vous ai demandé de ne plus me parler de cela. Je me dois à mon fils et à lui seul. Mais ce n'est pas de cela dont vous vouliez me parler ?

– Non. Il m'est venu à l'esprit que pour protéger votre fils, vous seriez capable de vous donner à lui… Ai-je tort ?

À mon tour, je restai silencieuse.

– Ai-je tort ? répéta le médecin.

– Non… répondis-je en rougissant.

Un nouveau silence s'établit entre nous.

– Comme vous le savez, Marie, je m'occupe des pensionnaires de la maison de retraite, comme de ceux d'un asile d'aliénés. Mes recherches, les soins donnés aux patients m'ont conduit à penser à la vie sexuelle des vieillards comme à celle des fous. Il n'est pas normal de laisser des hommes dans la force de l'âge, ou considérés comme trop âgés, privés de rapports amoureux. Je sais, cela a quelque chose de monstrueux, mais je pense que l'amélioration de leur vie et de leur fin de vie est à ce prix. Qui voudra, me direz-vous, apporter ce soulagement à ces malheureux ? Des prostituées ? Des infirmières ? Je ne sais pas. Je dois y réfléchir. Il faut que les femmes qui accepteront de se sacrifier soient rémunérées et à l'abri de tout jugement moral. Qu'en pensez-vous ?

– Je retrouve le docteur Moreau que j'aime. J'approuve totalement cette idée bien que les difficultés pour qu'elle devienne réalité risquent de se révéler insurmontables et de vous mettre en butte avec la société et l'ordre des médecins. Avez-vous pensé à tout cela ?

– Pensé et repensé. J'ai le soutien de quelques-uns de mes confrères et du directeur de l'asile. Hélas, ce n'est pas suffisant. Il faudrait que l'église se montre, sinon solidaire, du moins neutre. L'évêque de C., à qui j'ai fait part de mes réflexions, m'a affirmé que personnellement, il ne s'opposerait pas à des expériences.

– Qu'en pense votre épouse ?

– J'ai le soutien total de Gisèle qui m'a seulement fait remarquer que je ne m'intéressais qu'à la sexualité masculine et que, comme toujours, les désirs des femmes étaient ignorés.

– Elle a raison !

– Je le sais bien ! Mais il sera plus facile de trouver des femmes que des hommes capables de faire l'amour à des folles ou à des vieilles. Mais vous, ma chère, qu'allez-vous faire ?

– J'improviserai.

Le docteur Moreau prit sa sacoche, me baisa la main et partit.

Après son départ, j'ai mis de l'ordre dans ma toilette et posé sur mon fils une légère couverture avant de m'allonger près de lui.

Le lendemain, Marie-Louise nous trouva endormis. Elle poussa un profond soupir en nous voyant ainsi, paisibles. Je savais qu'elle ne pouvait s'empêcher de craindre un malheur. Elle avait souvent assisté aux colères d'Emmanuel réclamant mon sein, que je lui donnai après quelques instants de lutte.

Au début, Marie-Louise avait été choquée du spectacle inouï d'un jeune homme tétant une jeune femme, sa mère. Elle m'avait fait quelques observations que j'avais accueillies avec un sourire las. Alors, elle s'était fait une raison. Cependant, elle avait remarqué que le sexe d'Emmanuel devenait dur pendant la tétée. Gênée, elle n'avait osé m'en parler.

La vie reprit son cours. Cette année, l'été est magnifique et la mer chaude et calme. Chaque jour, nous allons nous baigner, avant l'arrivée des estivants. Nous jouons dans l'eau avec Lamy, en criant comme des enfants. Un matin, je heurtai le sexe dressé de mon fils. De surprise, je perdis pied et m'enfonçai dans l'eau. Une poigne solide me ramena à la surface. Emmanuel me regardait d'un drôle d'air, à la fois inquiet et fou. Je regagnai la plage et m'enveloppai dans mon peignoir de bain.

– Rentrons, dis-je.

Sans un mot, il me suivit. Arrivés à la villa, je me dirigeai vers ma chambre, lui faisant signe de ne pas me suivre.

Je pris une douche brûlante. Je finissais de me sécher les cheveux quand je vis son reflet dans le miroir : il était nu et me regardait d'un air de dément.

– Laisse-moi, lui dis-je, je veux rester seule.

Il s'avança. Ce n'était plus mon fils que j'avais devant moi mais un homme dont le désir se dressait, impérieux. Je reculai. Il avança et me jeta sur le lit. Je tentai de le repousser, mais ses bras me clouaient sur le lit. Il s'allongea sur moi en grognant des mots inintelligibles. Son sexe heurtait mon ventre. Je pensai : « Le docteur Moreau a raison, un jour, il violera une jeune fille. »

Comment ma main a-t-elle guidé son sexe vers le mien qui s'ouvrait, humide? Il m'a fait l'amour maladroitement. Il a joui rapidement. Cependant, son sexe restait en érection. Il m'a refait l'amour plus lentement cette fois. J'ai hurlé de désespoir quand il s'est répandu en moi. Combien de fois avons-nous fait l'amour ce jour et la nuit qui suivit? Je n'en sais rien.

Au matin, mon sexe était douloureux tandis que le sien se dressait avec orgueil. Il riait, oh comme il riait! Une nouvelle fois, il m'a pénétrée. Enfin, il s'est endormi en me tétant. Je réussis à le repousser et à me lever. Chaque pas me conduisant à la salle de bains était douloureux. Je pris une longue douche en pleurant. Je savais que quelque chose d'irrémédiable s'était produit et que rien ne serait plus jamais comme avant. Qu'allions-nous devenir? Si cela se savait, on enfermerait mon fils dans un de ces asiles dont j'avais si peur et on me mettrait en prison. Je savais qu'il ne supporterait pas d'être privé de liberté comme de ma présence et qu'alors, il deviendrait réellement fou.

Il me vint alors une idée, le docteur Moreau m'avait parlé de ces femmes dont il s'occupait : des prostituées d'une des maisons closes de C. située derrière la cathédrale. J'appelai mon ami et lui fis part de mon idée.

– J'y ai pensé, me répondit-il. Je connais bien ces filles et la femme qui s'en occupe. Malgré son état, c'est une brave femme, sensible au malheur d'autrui. Si vous le voulez, je lui parlerai d'Emmanuel.

4

– Madame Rosa va nous recevoir.

Nous montâmes tous les trois dans l'automobile de Jean. Emmanuel riait, heureux de la promenade. Arrivés à C., nous descendîmes devant une maison d'apparence honnête. Jean sonna. La porte s'ouvrit aussitôt. Une belle femme d'une quarantaine d'années nous accueillit. Elle portait ses cheveux roux en chignon et était vêtue d'une élégante robe de soie noire.

– Je vous attendais, dit-elle simplement.

Le salon dans lequel nous entrâmes était encombré de fauteuils, de sofas recouverts de velours rouge, comme les murs. Les lumières étaient tamisées, les tapis profonds. L'air était lourd et parfumé. Emmanuel regardait avec curiosité autour de lui. Madame Rosa nous fit signe de nous asseoir.

– Le docteur Moreau m'a parlé de votre fils, c'est un très beau garçon. J'ai pensé pour lui à deux de mes filles, très saines, qui m'ont semblé pouvoir s'en occuper avec toute la douceur nécessaire. Le docteur les connaît bien et approuve mon choix. Je dois vous dire, madame, que ce n'est pas la première fois que j'ai à traiter un cas tel que celui de ce jeune homme. Un de mes clients, un homme éminent de cette ville, m'a amené son fils de vingt ans qui était en érection permanente et se masturbait à longueur de journée. De plus, il était doté d'un sexe monstrueux qui rendait toute pénétration impossible. Malgré cela, une de mes pensionnaires a accepté de faire l'amour avec lui. Le traitement s'est révélé efficace et le jeune homme est devenu un de mes habitués et doit se marier prochainement. Voulez-vous que je vous présente ces deux filles ?

J'acceptai d'un signe de tête. Deux jeunes femmes entrèrent, une blonde et une brune, toutes les deux très jolies. Pour tout vêtement, elles portaient des peignoirs de satin noir aux broderies exotiques. Emmanuel les regarda longuement. La blonde s'approcha et lui caressa les cheveux. Il sursauta et se rapprocha de moi. La brune lui prit la main et la posa sur son sein. Ce contact sembla plaire à Emmanuel qui poussa un grognement. Je dois avouer que j'eus un sentiment de jalousie. La fille l'entraîna, suivie de l'autre. Ils disparurent pendant un temps qui me sembla interminable. Des hommes entraient, visiblement de la campagne, glissaient quelques mots à madame Rosa puis montaient à l'étage.

– Je ne pouvais fermer la maison aujourd'hui, c'est jour de marché, s'excusa-t-elle.

Jean me proposa d'aller visiter l'abbaye voisine. J'acceptai avec soulagement de m'éloigner de cet endroit. Nous marchâmes lentement, en silence, sur les pavés disjoints. Nous entrâmes dans l'abbaye où quelques fidèles priaient, agenouillés. Quelqu'un jouait de l'orgue. Je m'agenouillai devant l'autel de la Vierge. Mes joues se couvrirent de larmes. Tout se bousculait dans ma tête. Je pensais à Emmanuel faisant l'amour à ces deux filles : j'étais submergée de dégoût et de jalousie. Oui, de jalousie ! De honte aussi devant un tel sentiment. Je sanglotai de plus belle. Quelqu'un posa sa main sur mon épaule, je relevai la tête et vis un vieux prêtre à l'air très doux.

– Écoutez-moi en confession ! lui jetai-je.

– Venez, répondit-il simplement.

Je le suivis jusqu'à un confessionnal voisin dans lequel j'entrai et me mis à genoux. Je croyais avoir oublié les prières de la confession, elles semblaient couler de mes lèvres. Dans la pénombre du lieu, je parlai, je parlai… je déversai sur ce vieil homme toute ma peine, ma rancœur, ma honte. Quand je me tus, il y eut un long silence. Puis, le prêtre parla. Ce qu'il me dit, je ne l'entendis pas, je n'entendais que la douceur de sa voix que je ressentais comme une caresse. Il traça au-dessus de moi le signe de la croix et dit :

– Allez en paix, mon enfant, vous êtes pardonnée.

Je me levai, apaisée. Jean s'approcha et me dit :

– Vous frissonnez. Sortons. Vous allez prendre froid.

Nous retournâmes à la maison close où madame Rosa nous offrit du thé.

Quand mon fils et les filles revinrent, je remarquai qu'Emmanuel avait l'air heureux et les filles épuisées. La blonde chuchota à l'oreille de la tenancière. Celle-ci hocha la tête et lui dit en souriant.

– Prenez votre journée toutes les deux.

Les jeunes femmes la remercièrent en sautant de joie comme des gamines. En fait, quel âge avaient-elles ? Curieuse, je demandai :

– Que vous a-t-elle dit ?

Madame Rosa hésita et finalement répondit :

– Que le sexe de votre fils était de dimension impressionnante.

Je sentis mon visage s'empourprer.

Je donnai de l'argent à l'hôtesse, qui nous dit que nous serions toujours les bienvenus dans son établissement. Nous rentrâmes en silence à la maison.

Emmanuel alla sur la plage avec son chien. Je me retirai dans ma chambre en proie à des pensées contradictoires. Je m'endormis. Je me réveillai sous les caresses de mon fils. J'essayai de le repousser. Il posa ses lèvres sur mon sexe et écarta mes cuisses. J'étais comme paralysée. Je dus me rendre à l'évidence, mon fils avait appris de nouveaux jeux érotiques.

Les jours qui suivirent furent parmi les plus doux de ma vie. Emmanuel accepta de manger quelques cerises, des fraises, un peu de miel. Je ne ménageai pas mes compliments. Souvent, il mettait un disque, me prenait par la main et m'entraînait dans une valse ou un tango. Ou encore me poussait jusqu'au piano. Je m'installais et lui jouais les morceaux qu'il aimait. Comme moi, il avait un faible pour Chopin.

Hélas, notre équipée à C. ne changea pas son comportement ni ne l'empêcha de me téter et de me faire l'amour chaque fois qu'il en avait envie. Marie-Louise, devant le désordre de mes draps, finit pas se douter de quelque chose. Un matin, elle me regarda longuement, me prit dans ses bras et me berça comme un nouveau-né.

– Ma pauvre chérie, murmurait-elle en pleurant, qu'allez-vous devenir ? Et si cela se sait ?

Je répondis à ses caresses et tentai d'apaiser ses craintes.

– Ce sera notre secret, lui dis-je faussement gaie.

Elle essuya ses yeux et me jeta un bon sourire.

– J'irai mettre un cierge à Notre-Dame et à sainte Anne, sa mère.

À mon tour, je lui souris.

5

Emmanuel devenait de plus en plus beau, de plus en plus viril. Sur la plage, les baigneuses le dévoraient des yeux et plus d'une, j'en suis certaine, se serait abandonnée à lui.

Nous rentrions au soleil couchant, dévorant les plats préparés par Marie-Louise. Maintenant, mon fils mangeait de tout, de la viande, et buvait même un peu de vin. Ensuite, enveloppés dans une gandoura de laine blanche, nous écoutions de la musique, grâce au phonographe offert par mon père, allongés face à la mer, puis nous rentrions faire l'amour.

Le docteur Moreau revint nous voir. Il comprit tout de suite ce qui se passait et s'abstint de toute réflexion. Nous reparlâmes de son projet qui rencontrait de moins en moins d'obstacles.

– Je dois faire une communication à la faculté de médecine. On verra ce qui en sortira. Au pire, je serai radié de l'ordre des médecins.

Je l'embrassai en lui disant que s'il pouvait se faire entendre, il serait un des bienfaiteurs de l'humanité.

– Je n'en demande pas tant, répondit-il en riant.

Bientôt, je me rendis compte que j'étais enceinte. Je fus envahie d'une folle terreur à la pensée que je pouvais donner naissance à un monstre. Puis, je me calmai, me disant que je trouverais bien une solution et me laissai envahir par la joie d'attendre un enfant ! Mes seins grossirent et devinrent de plus en plus sensibles. Emmanuel le remarqua et me téta de plus belle.

Les jours passaient. Peu à peu, la plage devenait déserte, la mer plus agitée et les couchers de soleil splendides !

6

C'est décidé, ce sera pour aujourd'hui. J'ai écrit deux longues lettres, une au docteur Moreau que je remercie de sa confiance et de ses soins, une autre à Marie-Louise en lui demandant pardon de la peine et du tourment que mon geste va lui occasionner, la remerciant pour toutes ces années passées à mon service. Je la prie de s'occuper des obsèques, de veiller à ce que nous dormions dans le même tombeau. Je sais qu'elle respectera mes volontés. Je lui lègue la maison et une rente. Le reste de ma fortune sera remise au docteur Moreau pour la réalisation de son projet et le financement des personnes qui apporteront leurs soins aux patients. Sur la terrasse, j'ai préparé le poison qui nous tuera. Une bouteille de champagne nous attend dans son seau pour célébrer l'événement et le phonographe pour écouter une dernière fois notre cher Chopin.

Il y a une heure environ, Emmanuel est sorti, comme chaque soir, dire bonsoir à ses amies les bêtes. Il m'a semblé qu'il demeurait absent plus longtemps qu'à l'ordinaire. J'ai cru entendre deux coups de feu : je dois me tromper, ce n'est pas encore le temps de la chasse. Peu après, Emmanuel est revenu, il m'a paru un peu pâle, sans doute est-ce un effet de la lumière du couchant.

Nous sommes enveloppés dans nos gandouras. Jamais Emmanuel ne m'a paru aussi beau. Depuis quelque temps, il s'est laissé pousser la barbe, ce qui lui donne, avec ses cheveux bouclés, l'air d'un faune. Il me tète. Sait-il que c'est la dernière fois ? Je resserre mes bras autour de lui. Il écarte le chaud vêtement et se glisse en moi. Nous faisons l'amour lentement, doucement. Je regarde mon fils que je vais tuer. Je pense à celui qui est dans mon ventre et qui, lui aussi, va mourir. Tuer pour que nous soyons libres !… J'ai mis le poison dans les verres de champagne. Je lui tends le sien. Je lève le mien, saluant cet ultime moment. Nous vidons nos verres. Je sais que le poison est rapide et que nous ne souffrirons pas. Je sens ses dents mordre mon sein. A-t-il mal ?… Je ne ressens rien. Dans la pénombre, je sens son regard sur moi : j'ai envie de pleurer devant tout ce gâchis. Peu à peu, mon corps s'engourdit, mes yeux se ferment. Ses dents ont desserré leur étreinte. Il meurt… Des vers de Baudelaire me reviennent en mémoire tandis que s'égrènent les notes de la *Berceuse* de Chopin :

Bientôt nous plongerons dans les froides ténèbres ;
Adieu, vive clarté de nos étés trop courts !

J'entends déjà tomber avec des chocs funèbres
Le bois retentissant sur le pavé des cours.

J'ai froid… Je dois cesser d'écrire et laisser ce cahier près de moi… Ainsi, on comprendra… Enfin, j'espère…

Marie

Régine Deforges,
Paris, le 28 octobre 2010

Je viens de vivre les jours les plus éprouvants de ma vie, plus durs que ceux que j'ai connus pendant la guerre. Aujourd'hui encore, je n'arrive pas à réaliser comment tout cela s'est produit. Je dois revenir en arrière pour tenter d'y voir plus clair.

Tout a commencé au début d'un bel été. Avec mon meilleur ami, Philippe, nous étions allés camper près de la mer, dans une propriété appartenant à sa famille. Tout était harmonieux, les gens, les lieux. Tout respirait la joie de vivre. Parmi les invités, une ravissante jeune fille attirait tous les regards: c'était l'amie de la sœur de Philippe. Marie avait seize ans. Dès que nous la vîmes, nous tombâmes amoureux d'elle. Les journées passaient en promenades, en baignades, en parties de tennis, en thés dansants, en excursions dans les environs. C'est alors que nous apprîmes que la guerre était déclarée. Philippe et moi, nous partîmes dès le lendemain rejoindre notre régiment. Pendant le voyage, mon ami m'annonça ses fiançailles avec Marie. Malgré un pincement au cœur, je le félicitai sincèrement.

Nous connûmes l'horreur des combats, la peur. Philippe faisait preuve d'un grand courage, n'hésitant pas à sauter hors de la tranchée pour porter secours à un camarade blessé. C'est comme cela qu'une balle l'atteignit.

Dire ce que furent ces mois de guerre est au-dessus de mes forces. Étant médecin, je passais mon temps à essayer de soulager mes camarades blessés. Leurs blessures étaient épouvantables, beaucoup mouraient dans d'atroces douleurs. Nombre d'entre eux avaient été gazés, ce qui ajoutait à leurs souffrances. Un jour, on m'amena mon ami, blessé à la tête, que l'on avait retiré d'une tranchée envahie par les gaz. Mes compétences chirurgicales ne me permettaient pas de l'opérer. Je fis appel à un médecin, grand chirurgien dans le civil, qui opérait à l'arrière. Il trépana mon ami, l'opération réussit. Il fut renvoyé chez lui où il se maria avec Marie. Leur bonheur fut de courte durée. L'état de Philippe empira brusquement : des migraines le rendaient fou. Dans ces moments, il avait des crises de violence qui épouvantaient sa jeune femme. Marie, enceinte, ne savait plus que faire. Des infirmières se relayaient jour et nuit à son chevet, lui administrant des doses de plus en plus fortes de morphine. Marie accoucha d'un petit garçon qu'elle prénomma Emmanuel et dont elle me demanda d'être le parrain. Peu après, Philippe décédait. La douleur de Marie fut telle qu'elle voulut mettre fin à ses jours. Je réussis à l'en dissuader en faisant appel à ses responsabilités de mère. L'enfant était fort et en pleine santé ; sa mère le nourrissait. Quand il eut trois ans, je lui dis qu'elle devait le sevrer.

– J'ai essayé, me répondit-elle, mais il refuse toute autre nourriture.

– Essayez encore, lui dis-je.

Elle essaya, sans succès.

Elle avait quitté la maison où elle vivait avec son époux, pour s'installer dans une villa isolée, dominant la plage, contre l'avis de ses parents, de sa mère surtout qui craignait que cette solitude soit mauvaise pour sa fille. Elle proposa à Marie de venir vivre auprès d'elle. La jeune femme s'y opposa violemment. Les parents se retirèrent et ne venaient voir leur fille que de loin en loin. Une femme du village venait chaque jour s'occuper des soins du ménage. Je demandai à cette femme, Marie-Louise, de me tenir au courant de la vie de la mère et de l'enfant. Ce qu'elle fit, notant, au jour le jour, les faits et gestes de la mère et de son fils.

À ma grande joie, Marie s'était remise au piano. Son talent était tel que ses professeurs voyaient en elle une future grande virtuose. Philippe, sa famille l'encourageaient à suivre cette voie. Elle riait, disant qu'ils étaient trop indulgents et qu'elle n'aimait jouer que pour son seul plaisir et celui de ses amis. Quand je venais la visiter, elle me jouait, pour m'être agréable, *Rêve d'amour* de Franz Lisztz. Hélas, elle ne trouva pas dans son art l'apaisement que j'avais espéré.

Le temps n'apporta aucune amélioration à l'état d'Emmanuel qui grandissait tel un jeune arbre, plein de force et de vigueur.

Je consultai tous les spécialistes européens des défiances mentales. Certains d'entre eux l'examinèrent, lui firent faire toutes sortes de tests. Tous trouvèrent Emmanuel exceptionnellement intelligent, vivant dans un monde d'où tout ce qui n'était pas sa mère était exclu. La plupart préconisèrent l'internement, ce que la mère refusa. Emmanuel devenait un homme fort et vigoureux, aux désirs sexuels évidents. Quand il agressa une jeune fille sur la plage, j'insistai auprès de Marie pour qu'elle accepte de le faire interner. Elle ne voulut rien savoir, disant qu'elle savait ce qui lui restait à faire. Ce fut elle qui suggéra de faire appel aux filles d'une maison close de C. Cela suffirait peut-être, disait-elle, à calmer les désirs du jeune homme.

Je compris très vite qu'ils étaient devenus amants. Quels reproches pouvais-je adresser à cette femme qui n'avait trouvé que cette solution pour mettre son fils à l'abri de ses pulsions érotiques ? J'étais persuadé qu'une vie sexuelle harmonieuse était une thérapie comme une autre pour faciliter la vie des déments et des vieillards. Je m'en ouvris à mon vieux maître, aliéniste de renommée mondiale, qui m'écouta en silence. Quand j'eus terminé, il se leva et posa sa main sur mon épaule.

– Mon cher petit, vous avez joué avec le diable et vous avez eu raison. À votre place, j'eus fait la même chose. Cependant, je ne peux m'empêcher d'être inquiet pour l'avenir de ces deux-là. Supposons que la jeune femme tombe enceinte et qu'elle veuille garder l'enfant, car, j'en suis sûr, elle voudra le garder. Que ferez-vous ?

J'étais accablé, je n'avais pas pensé à cela.

– Allons, ne soyez pas aussi abattu, les choses n'en sont pas là. Si cela était, il serait temps d'aviser et d'intervenir. Rentrez chez vous et… attendez !

Je n'eus pas à attendre longtemps : les craintes de mon vieil ami se confirmèrent. Marie était folle de joie et se moquait de mon air sombre. J'insistais pour qu'elle se fasse avorter. Jamais je n'oublierai le regard incrédule et horrifié qu'elle me jeta.

– Comment pouvez-vous me demander de tuer cet enfant qui est aussi celui de Philippe ?

Que répondre à cela ?

Ne sachant que faire, je me confiai à ma femme. Gisèle m'écouta sans rien dire. Quand j'eus terminé, elle resta un long moment silencieuse.

– Pauvre petite Marie ! murmura-t-elle.

– Que dois-je faire ?

Gisèle réfléchit longuement.

– Nous devons l'aider. Si elle veut garder cet enfant, qu'elle le garde. Dans le cas contraire, tu sais ce qu'il faut faire. Ne dis rien !... Tu le feras si cela est nécessaire. Mais en attendant, occupe-toi d'elle comme tu t'occuperais de moi si j'étais dans la même situation. Je sais, cela te semble aberrant, mais j'y ai souvent pensé. Dans le même cas, j'aurais agi comme Marie. Tu me crois folle ?... Cependant, c'est la vérité. Les mères peuvent faire des choses pour leur enfant, que les hommes ne soupçonnent pas.

Je sortis de cette discussion encore plus troublé qu'avant. Le possible avortement de Marie me semblait inimaginable de ma part. Et pourtant, j'étais le seul qui pouvait s'en charger ; mon vieux maître ne me l'avait-il pas laissé entendre ?

Je retournai chez Marie. Dieu, qu'elle était belle ! Emmanuel était calme. J'eus l'impression qu'il savait que sa mère était enceinte, tant il était attentif à son bien-être. Je remarquai que Marie-Louise, quand elle nous servit le thé, avait les yeux rougis et que ses mains tremblaient. Avant de prendre congé, j'allais la voir dans la cuisine : elle pleurait à gros sanglots, la tête appuyée contre ses bras repliés sur la table. Je mis ma main sur son épaule. Elle redressa la tête.

– Oh docteur ! Docteur !

– Que se passe-t-il, Marie-Louise ?

– C'est madame ! La pauvre femme !… Vous allez l'aider, n'est-ce pas ? Docteur !

– Que voulez-vous dire ?

Elle se redressa, rouge de colère.

– Comme si vous ne le saviez pas ! Elle attend un enfant du petit ! C'est monstrueux ! Que vont-ils devenir ?…

Je ne savais que dire.

– Elle ne peut pas garder cet enfant ! Vous êtes de mon avis, n'est-ce pas ?

J'acquiesçai en silence. Cela parut la rassurer. Elle essuya ses yeux avec le coin de son tablier.

– Il faudra me dire quand le moment sera venu. Je serai là, vous pouvez compter sur moi.

J'étais ému devant tant de fidélité.

– Je vous remercie, Marie-Louise. J'ai besoin de votre aide, maintenant : ne les laissez pas seuls. Je crains que Marie ne mette fin à ses jours et à ceux de son fils.

– Pas cela, s'écria-telle, Dieu ne le permettra pas !

Je me retins de lui dire qu'il avait bien permis qu'Emmanuel naisse ainsi et qu'il engrosse sa mère. Elle se remit à pleurer doucement.

– Soyez sans crainte, docteur, je veillerai sur eux. Dès demain, je coucherai ici.

Je ne sus que lui dire :

– Merci, Marie-Louise.

Je la quittai et revins saluer Marie qui donnait le sein à son fils. Je soupirai, plus troublé que je ne le laissai paraître.

Je ne savais pas que c'était la dernière fois que je les voyais vivants.

Le lendemain, j'arrivai à la villa immédiatement après l'appel de Marie-Louise. Je les trouvai allongés, le fils couché en travers des genoux de sa mère. Le spectacle était d'une beauté atroce : je pensai à la Pietà de Michel-Ange.

J'appelai Benoît, le capitaine de gendarmerie qui avait été dans le même régiment que Philippe et moi. Je savais que je pouvais compter sur sa discrétion. Il arriva très vite. Quand il les vit, il blêmit et retira son képi. Je lui racontai en quelques mots les circonstances qui avaient amené Marie à ce geste. Il hochait la tête sans rien dire. Il interrogea Marie-Louise et prit quelques notes.

– Tu as rédigé le permis d'inhumer ? me demanda-t-il.

Devant ma réponse affirmative, il inclina la tête.

– Je connais le curé, je pense qu'il ne fera pas d'objection pour dire une messe.

Marie-Louise, qui s'était absentée, revint le visage décomposé.

– Venez ! balbutia-t-elle.

Nous la suivîmes jusqu'à l'écurie et découvrîmes les cadavres du cheval et du chien. Le capitaine de gendarmerie ramassa un pistolet.

– J'ai le même.

– Moi aussi, dis-je.

C'était l'arme de Philippe. Jusqu'au bout, Emmanuel aura eu un comportement surprenant pour un être de l'âge mental d'un enfant de quatre ans.

L'enterrement eut lieu le surlendemain. Les deux cercueils disparaissaient sous des gerbes et des couronnes de fleurs blanches. Tout le village était présent. Beaucoup de femmes pleuraient. L'homélie du prêtre fut simple et émouvante. Une foule recueillie accompagna les défunts jusqu'au cimetière.

Jean Moreau, médecin

Jean est revenu de chez Marie bouleversé. Il m'a annoncé la mort de notre amie et de son fils. J'ai compris que Marie s'était suicidée après avoir tué Emmanuel. Un grand froid m'a envahie tandis que je sentais des larmes couler sur mon visage. Ainsi, nous n'avions pas su empêcher ce drame.

Jean but coup sur coup deux verres d'alcool, ce qui n'était pas dans ses habitudes.

Je savais que sa souffrance était immense, comme je savais que rien ne pouvait l'atténuer.

J'ai toujours su qu'il était amoureux de Marie et, curieusement, je n'en ai jamais éprouvé de la jalousie. Je le comprenais. Marie n'était pas seulement d'une grande beauté, elle était bonne et intelligente, incapable d'une pensée mesquine et douée d'un grand talent de pianiste.

Quand, à son retour de la guerre, Jean me demanda de devenir sa femme, j'éprouvai une grande joie et n'eus aucune arrière-pensée : je l'aimais. Je pensais qu'avec le temps, il m'aimerait aussi en dépit de son amour pour Marie. Fut-ce le cas ? D'une certaine manière, oui.

Après la mort de son ami Philippe, il visita chaque jour Marie, l'aidant à supporter son veuvage et sa solitude. De cela non plus, je ne fus pas jalouse. De mon côté, j'allais souvent voir notre amie. Je fus, à maintes reprises, témoin du comportement d'Emmanuel et du peu d'autorité de sa mère. J'en parlai à Jean qui me dit que cela le souciait beaucoup et qu'il ne voyait pas comment faire cesser cet état de choses. À chacune de mes visites, je remarquais que l'enfant devenait un homme, un homme d'une grande beauté, égale à celle de sa mère. Sans que Jean m'en parlât, je sus qu'ils étaient devenus amants. Cela ne me choqua pas. C'était… comment dire ? Inscrit. Quand Marie tomba enceinte, je dis à Jean qu'il devait l'aider de quelque manière que ce soit, y compris en pratiquant un avortement. Je savais que cela le répugnait, mais il était le seul à pouvoir s'en charger et il le savait. Son désarroi était immense, souvent la nuit, je l'entendais pleurer ; je ne savais pas comment lui venir en aide. Je le prenais dans mes bras et le berçais comme un enfant. Souvent, il me faisait l'amour, me remerciant d'être là.

J'ai revu Marie la veille de sa mort. Nous étions allées nous baigner avec Emmanuel. Nous jouions comme des enfants, riant, criant, nous laissant rouler par les vagues. Nous sommes remontées vers la maison où

Marie-Louise nous a offert un copieux goûter que nous dévorâmes comme des gamines. Elle avait mis un disque de tango sur le phonographe. Emmanuel me fit danser, puis fit danser sa mère. Quel couple merveilleux ils formaient ! Il me sembla qu'il avait fait des progrès depuis le jour où je lui avais appris cette danse. Ensuite, Marie s'était mise au piano et avait joué des valses de Chopin. Au moment de mon départ, elle me serra fort contre sa poitrine en me disant :

– Je vous aime tendrement, Gisèle. Prenez soin de vous et de Jean. Sans vous, il est comme un corps sans âme.

Que voulait-elle dire ?

Elle me raccompagna jusqu'à ma voiture.

– Adieu ! me cria-t-elle.

Je m'en veux de ne pas avoir compris ce qu'il y avait de définitif dans cet « adieu ».

Gisèle Moreau

CARNET DE MARIE-LOUISE

C'est à la demande du docteur Moreau que j'écris mes observations sur la vie des habitants de la maison des dunes.

Je suis une femme simple. Je n'ai pas fait d'études et j'ai toujours été bonne à tout faire. Mon mari a été tué à la guerre et je n'ai pas eu d'enfant. J'ai été engagée par le docteur Moreau pour m'occuper d'une jeune veuve et de son fils. Au début, tout se passa normalement mais, avec le temps, je me rendis compte que le comportement de madame Marie n'était pas normal, du moins, il me semblait. En effet, en dépit de mes observations et de celles du docteur, elle continuait à nourrir son fils. Emmanuel avait quinze ans qu'il tétait toujours sa mère. Bien sûr, elle avait essayé de le débarrasser de cette habitude, mais y avait renoncé devant les colères du gamin. Je dis gamin par habitude, en fait c'était un homme dans toute la force de l'âge. Je remarquai qu'il était en érection quand il tétait le sein de sa mère. Je ne fus pas choquée mais inquiète, pensant à ce qui se passerait s'il croisait sur la plage une fille de son âge. Mes craintes se sont vérifiées : il tenta un jour de violer une jeune fille qui lui échappa grâce aux pécheurs se trouvant sur la plage. Appelé, le docteur Moreau lui administra des calmants et suggéra de le faire interner. Madame Marie s'y opposa avec violence, disant qu'elle trouverait une solution. Je remarquai que le docteur était de plus en plus soucieux face à la mère et au fils. Je partageais ses craintes, n'osant les formuler, par peur qu'il ne se moque de mon ignorance.

C'est en faisant le lit de madame que je remarquai des traces suspectes sur les draps : j'avais la preuve que mes craintes s'étaient réalisées. J'en fis part au docteur Moreau qui haussa les épaules d'un air accablé. Il me fit jurer de ne pas ébruiter cela, ce que je fis bien volontiers, n'étant pas d'un naturel cancanier et aimant madame Marie comme ma fille.

Les jours passaient. Emmanuel devenait de plus en plus beau, de plus en plus fort, tandis que sa mère devenait de plus en plus pâle, de plus en plus frêle. J'en fis la remarque au docteur qui me conseilla de surveiller son alimentation. Mais nous savions, tous les deux, que ce n'était pas de cela dont elle souffrait.

Je sus, sans doute avant elle, qu'elle était enceinte. Cette nouvelle m'accabla. Qu'allions-nous devenir ? Ce soir-là, je suis rentrée chez moi désemparée. Comment l'aider dans cette nouvelle épreuve ?

Chaque fois que je quitte la maison des dunes, je me demande ce que je vais trouver le lendemain car je sens que tout cela va mal finir.

Je n'arrive pas à trouver le sommeil, les imaginant baignant dans leur sang, tordus de douleur par le poison ou ayant cherché la mort en se jetant dans la mer.

Je me reproche mon manque d'initiative, de courage, devant cette situation. J'enrage de ne pouvoir venir en aide à cette jeune femme que j'aime, de n'être qu'une pauvre fille ignorante. Qu'auraient fait ma mère à ma place et madame C., la sage-femme? Elles ne sont plus là pour me prodiguer leurs conseils. Je suis seule face à ma conscience... Le docteur Moreau mesure-t-il ma peine et mon remords?

Je ne sais pas où je vais prendre la force d'écrire ce qui suit: ce matin, j'ai trouvé Marie et son fils morts dans les bras l'un de l'autre. Près des corps, une lettre m'était adressée, me demandant pardon d'être le témoin de ce drame et des désagréments que cela occasionnera. Il y avait une autre lettre destinée au docteur Moreau. Je la mis de côté et courus au village le prévenir. Il me suivit sans un mot. Arrivé près des corps, il ne put que constater les décès. Il me demanda de le laisser seul. Mais je ne m'éloignai que de quelques pas. Il ouvrit la lettre qui lui était destinée. À mesure qu'il lisait, je voyais ses épaules trembler. Quand il eut terminé sa lecture, son visage était couvert de larmes. Il appela le capitaine de gendarmerie qui avait combattu dans le même régiment que lui et l'époux de Marie. C'est un homme droit, direct et franc. Je ne doute pas qu'il fasse tout ce qui est en son pouvoir pour éviter le scandale.

Un peu plus tard, je découvris que le cheval et le chien avaient été abattus. Près des corps, il y avait un pistolet que je savais avoir appartenu au père d'Emmanuel. Ainsi, le gamin avait su s'en servir. Se peut-il qu'il eût deviné ce que sa mère allait faire ?

Voici, docteur, tout ce que j'avais à dire. C'est peu, je m'en rends compte. Comment Dieu peut-il permettre tant de souffrances ? Quand j'ai posé cette question à notre curé, il a haussé les épaules avec un sourire las. « Que voulez-vous, ma bonne Marie-Louise, les desseins de Dieu sont impénétrables. » Impénétrables ? Et injustes !

Je sens que je n'ai pas été à la hauteur de votre confiance, que je n'ai pas su aider madame Marie, la protéger d'elle-même et de son fils. Je me dis que j'aurais pu empêcher ce drame si j'avais montré plus de courage et d'intelligence. Je ne pensais qu'à leur bien-être, à leur éviter les commérages que n'aurait pas manqué de susciter leur comportement.

J'ai prié la Vierge Marie et sainte Anne. Hélas, mes prières n'ont servi à rien.

Ce que je redoutais tant est arrivé. Madame Marie a mis fin à ses jours et à ceux de son fils. Quand je les ai trouvés, ils semblaient dormir, enveloppés de laine blanche. Le visage de madame Marie était apaisé. Comme ils étaient beaux, enfin libérés ! Près d'eux, le phonographe s'était arrêté. Machinalement, j'ai replié le bras et refermé l'appareil que j'ai remis à sa place dans le salon.

Je me suis assise dans ma cuisine et j'ai prié Dieu et la Vierge Marie pour qu'ils leur pardonnent et les reçoivent au paradis. Marie n'avait pas mérité tant de souffrances ni de solitude. Elle a enfin trouvé la paix.

Quant à moi, je demande au Ciel la force de continuer à vivre avec le remords de n'avoir pas su empêcher ce drame. De devoir chaque jour me remémorer ce que furent ces années passées dans la maison des dunes, la beauté de Marie, sa bonté, son courage, Emmanuel, l'enfant si beau, si exigeant, si tendre aussi…

Que Dieu et la Vierge Marie me viennent en aide.

Marie-Louise Leblanc

LETTRE DE MARIE AU DOCTEUR MOREAU

Très cher ami, cher Jean,

Je sais la peine que mon geste va vous causer ainsi qu'à ma chère Gisèle et je vous en demande pardon. Vous savez que je n'avais pas le choix. Emmanuel n'a pas souffert, de cela je suis sûre.

Je vous remercie d'avoir été aussi présent tout au long de ces années, de m'avoir aidée dans toute la mesure de vos moyens et de m'avoir comprise et non jugée.

Ma vie, qui s'annonçait belle et heureuse, n'a été qu'un tissu de souffrances et de chagrins.

Après la mort de Philippe, je n'ai pu suivre vos conseils : épouser un de ces braves garçons qui me faisaient la cour. J'aurais eu l'impression de trahir mon époux. Vous seul auriez pu me faire changer d'avis car, malgré vos efforts pour me le cacher, vous m'aimiez et je sais que Philippe aurait été heureux que je devienne votre femme. Si vous n'aviez rencontré la douce Gisèle, peut-être vous aurais-je ouvert mon cœur et essayé auprès de vous de retrouver mon équilibre. Le destin en a décidé autrement et c'est sans doute mieux ainsi.

Je n'ai pas eu le courage de supprimer l'enfant qui est blotti dans mon sein. Mais alors, pourquoi ce geste ? pensez-vous. Il m'est dicté par un sursaut de dignité et de pitié envers cette pauvre créature sur laquelle pèse une si lourde hérédité. Je n'ai pas le droit de lui imposer ces tares ni ces parents incestueux. De plus, je ne crois pas qu'Emmanuel eût accepté de me partager. Sans cesse, j'aurais craint pour la vie de cet innocent. C'est donc en toute lucidité que j'accomplis ce geste fatal. J'ai raison, n'est-ce pas ? Dites-moi que j'ai raison.

Je vous laisse tous mes biens, hormis cette maison et une petite rente que je lègue à Marie-Louise. Cela vous permettra de mettre sur pied votre grand projet d'aide aux aliénés, aux vieillards et autres malheureux privés d'une vie sexuelle harmonieuse. Je n'ai qu'une exigence, c'est que ce centre, ou tout autre lieu voué au mieux-être de ceux qui sont différents, porte le nom d'Emmanuel.

Je vous souhaite, ainsi qu'à Gisèle, de trouver le bonheur sur cette Terre et de penser quelquefois à votre petite...

Marie

NOTE DU CAPITAINE DE GENDARMERIE

J'ai été appelé aujourd'hui, 5 septembre 192… au domicile de madame Marie L., veuve de mon camarade de régiment, le lieutenant Philippe L., pour constater son décès et celui de son fils, Emmanuel.

Madame L. s'est suicidée après avoir empoisonné son enfant. Le docteur Jean Moreau, ami du lieutenant et le mien, était sur place. Je connaissais bien madame L. et son fils, né handicapé à la suite des blessures de son père qui avait été également gazé pendant la guerre. Par respect pour notre camarade et son épouse, nous avons décidé, d'un commun accord, de ne pas ébruiter ce drame et de laisser les obsèques se dérouler normalement. Le curé de la paroisse, qui, comme moi, connaissait bien les victimes, a accepté, malgré les circontances de leur décès, de dire l'office des morts et de prier pour le repos de leurs âmes.

Benoît Laborde,
capitaine de gendarmerie

SERMON DU CURÉ

Elle s'appelait Marie, du nom de la mère de Dieu et son fils se nommait Emmanuel, ce qui signifie Dieu est avec nous. Elle avait trente-trois ans, l'âge où le Christ mourut en rémission de nos péchés.

La vie de Marie a été une succession de souffrances : la perte de son époux bien-aimé et la naissance d'Emmanuel, un enfant différent des autres, auquel elle se consacra toute entière.

Souvent, je l'ai surprise, agenouillée devant l'autel de la Vierge, le visage couvert de larmes, la suppliant de lui apporter son aide. Quand elle se relevait, elle semblait apaisée et repartait d'un pas léger. Sans doute espérait-elle qu'à son retour, elle trouverait son fils guéri, devenu un enfant comme les autres. Le temps passant, Marie avait de plus en plus de mal à accepter cet état de choses. Quelquefois, elle se confiait à moi. Hélas, mes paroles, loin de l'apaiser, avivaient sa colère envers Dieu. Elle jetait alors des cris de haine envers le Créateur. Ses blasphèmes me brisaient le cœur. Cependant, je n'étais pas loin de les comprendre et, à mon tour, je reprochais à Dieu sa dureté envers sa pauvre créature. Marie quittait mon église, brisée. Je me jetais aux pieds de notre Seigneur, le priant que cesse ce malheur. Mais il restait sourd à mes prières comme à celles de cette malheureuse mère. Je priais alors la Vierge Marie, lui demandant d'intervenir auprès de son divin fils, en souvenir de ses propres douleurs, des larmes qu'elle avait versées au Golgotha devant l'horrible supplice de la croix, car, me disais-je, seule une mère peut comprendre ce qu'éprouve une autre mère. Comme elle, Marie avait connu les souffrances de l'enfantement, la peur devant un enfant différent des autres, la gêne face aux regards de compassion, sa terreur de l'avenir, sa solitude. Oui, sa solitude, malgré la présence, le dévouement de personnes chères qui essayaient d'alléger son fardeau. Ce fardeau, elle l'a porté courageusement des années durant, soutenu par l'amour maternel et l'espérance qu'elle mettait dans les médecins qui cherchaient à guérir Emmanuel. Désespérée devant leur incapacité à améliorer l'état de son enfant, elle se traîna aux genoux de la Vierge de Lourdes. Elle revint de ce voyage ayant perdu toute illusion. Je fus le témoin impuissant de son désespoir et de sa colère. Dans ces moments-là, elle disait vouloir mettre fin à ses jours et à ceux de son fils. Je lui arrachais le serment de n'en rien faire, lui promettant de prier à chaque heure du jour pour qu'elle trouve un peu de paix. Dieu ne m'a pas entendu.

Je ne crois pas, comme c'est le cas dans d'autres religions, à la réincarnation et aux vies antérieures. Malgré cela, je ne puis m'empêcher de me demander quels ont été les crimes de cette femme dans une autre vie pour que Dieu la punisse si sévèrement ?

Pardonnez-moi, chers paroisiens et amis, ces confidences d'un esprit bouleversé et malheureux que la douleur et son impuissance égarent. En dépit de cela, je suis sûr que Dieu m'entend et me pardonne. S'il devait y avoir un seul mot pour vous décrire Marie, je dirais ferveur.

Marie nous a quittés ainsi que son fils. Ils sont maintenant unis à jamais dans la mort. Dieu, dans son immense bonté, les a accueillis auprès de lui et de sa mère, la Vierge Marie. Ils ont retrouvé l'une son époux, l'autre son père. Mes frères, prions pour eux.

Je vous salue Marie pleine de grâces, le Seigneur est avec vous, vous êtes bénie entre toutes les femmes….

Pierre Dupont,
curé de Saint Joseph

La prière terminée, le prêtre bénit l'assistance puis les deux cercueils. Un enfant de chœur se saisit d'une haute croix et se dirigea vers la sortie, suivi du curé et deux enfants de chœur agitant des encensoirs. Des hommes du village soulevèrent les cercueils et quittèrent à leur tour le lieu saint. La foule s'installa derrière eux, silencieuse et recueillie, marchant lentement. On remarqua dans le cortège des femmes inconnues, vêtues de noir : des dames de la ville, sans doute. L'escorte, arrivée au cimetière, se massa autour d'une tombe ouverte. À l'aide de cordes, les croque-morts descendirent les cercueils. Dans la foule, les femmes pleuraient. Après une dernière bénédiction, le prêtre jeta une poignée de terre. Chacun des assistants fit le même geste. Puis, tous rentrèrent chez eux.

LETTRE DE MADAME ROSA AU DOCTEUR MOREAU

Je tiens à vous remercier, docteur, de m'avoir permis d'assister aux obsèques de madame L. et de son fils.

Quand vous m'avez parlé de ce jeune homme, j'ai cru qu'avec le concours de mes filles, je pourrais lui venir en aide : cela n'a pas été le cas. Sans que vous ne m'en ayez rien dit, j'avais compris votre inquiétude pour son avenir et celui de sa mère. Dans mon métier, on comprend ces choses aisément et ce que votre pudeur me cachait, je l'ai deviné. Quand j'ai vu arriver ces deux-là, j'ai été surprise de leur jeunesse et de leur beauté. Ils se ressemblaient comme des frères, mais j'ai su tout de suite qu'ils étaient amants. Le croirez-vous, j'en ai éprouvé une grande douleur, sachant que la société les condamnerait si elle connaissait le lien qui les unissait. Il n'y avait en eux rien d'impur, rien qu'un amour trop grand et une solitude immense. Cette jeune femme n'avait pas voulu ni mérité cela, le destin en a décidé autrement. Elle a fait ce qu'elle croyait devoir faire avec une abnégation qui force le respect.

J'ai pour vous, docteur, une grande estime et une totale confiance: vous êtes un homme de cœur. Jamais, vous ne m'avez reproché d'être ce que d'autres appellent une « mère maquerelle ». Vous nous avez, moi et mes filles, toujours traitées avec égard et, de cela, nous vous en sommes reconnaissantes.

Je connais vos recherches sur les aliénés et ceux qui vivent dans un grand isolement moral et sexuel, votre désir de remédier à leur difficulté à vivre une vie normale et harmonieuse. D'une certaine manière, nous faisons la même chose : aider ceux qui souffrent. J'espère que cela ne vous choque pas que j'écrive cela ? Venant de vous, cela m'étonnerait. J'ai été témoin durant ma longue vie de tant de misères, j'en ai vécues aussi, que je suis devenue philosophe. J'éprouve pour l'être humain une grande compassion qui me laisse souvent triste et démunie. Des femmes comme moi, rejetées de la bonne société, apportent un moment d'oubli à de pauvres hommes. Contre de l'argent, c'est vrai et alors ? Vous-même, docteur, vous faites bien payer vos consultations ! N'y voyez pas une critique mais une simple constatation.

Revenons à cette émouvante cérémonie où mes filles et moi avons prié de tout notre cœur. Elle était à l'image de madame L. Belle et simple.

Je ne suis pas croyante, comment l'être devant tant de turpitudes, d'horreurs et de méchancetés ? Malgré tout, il reste dans un coin de mon cœur le souvenir de l'enfant que j'étais qui implorait chaque soir son ange gardien et l'Enfant Jésus, leur demandant que cessent les guerres, les famines et la misère. Ils ne m'ont pas entendue. Cependant, cela n'a pas tué en moi l'espoir d'un monde meilleur.

Encore une fois, docteur, je vous remercie pour tout ce que vous faites et surtout pour être l'homme que vous êtes.

Bien respectueusement,

Rosa D.

ÉPILOGUE

Pourquoi me suis-je intéressée à la vie sexuelle des handicapés, moi qui ai une sainte horreur des infirmités ? Je suis envahie de compassion et de tristesse quand je croise un aveugle ou un malheureux en fauteuil roulant. J'en veux alors à Dieu et à la société toute entière. Est-ce en mémoire de Mamy, ma tante mongolienne ou de mon cousin Serge? Je pencherais pour ce dernier. Serge avait le même âge que moi. C'était un beau garçon aux cheveux blonds et bouclés. Malheureusement, il contracta une méningite à l'âge de trois ans. Celle-ci fut mal soignée et l'enfant resta idiot.

Il ne parlait que par onomatopées que nous ne comprenions pas et dont nous nous moquions. Par la suite, il dit quelques mots. Quand on lui demandait comment il s'appelait, il répondait « Goyau » ne sachant pas dire Guéraud qui était son nom de famille. Ce surnom lui était resté. Il était toujours vêtu de vêtements de travail, coiffé d'un béret et chaussé de sabots. Il errait dans le hameau en poussant des cris inarticulés. Il était ce qu'on appelait alors « l'idiot du village ». Dans d'autres régions, on l'aurait nommé Simplet. Fernandel chantait alors :

On m'appelle Simplet
L'innocent du village

Tous avaient de l'indulgence pour l'innocent, lui confiant de petits travaux, lui donnant une friandise, le ramenant au logis quand il s'était trop éloigné. Sa mère le grondait souvent en criant. Le gamin s'enfuyait et se réfugiait auprès de sa grand-mère, Lucie, qui le cajolait, ou d'une voisine. Il riait souvent sans raison, courait après les poules et taquinait le chien qui grognait mais ne le mordait pas. Il n'avait pas son pareil pour découvrir les mûres et les champignons, pour fabriquer de petits paniers avec des joncs dans lesquels il mettait sa récolte et qu'il m'offrait avec un grand sourire. Il grimpait dans les noisetiers pour me cueillir des noisettes dont il savait que j'étais friande. Nous jouions ensemble avec les poussins nouveau-nés, les petits veaux et les lapins. Ses gestes étaient plus doux que les miens. Sa patience était infinie. Quand j'arrivais à la ferme, il courait en tous sens en criant : « La Régine est là ! La Régine est là ! »

En grandissant, son état ne s'améliora pas. Quand je le voyais, j'étais prise d'une grande pitié et lui manifestais ma tendresse en l'embrassant, ce qui le surprenait. Il y avait alors dans ses yeux quelque chose comme une lueur d'intelligence qui me laissait mal à l'aise. Hélas, cela ne durait pas ! J'essayais de lui apprendre à lire. Il reconnaissait les lettres de l'alphabet et me les récitait d'un air triomphant. Malheureusement, cela n'alla pas plus loin que ces pauvres rudiments.

Il devint un homme. Normal, il eut été beau.

À la mort de sa mère, on le mit dans un asile où ses compagnons étaient des vieillards. Il connaissait chaque recoin de l'établissement, chaque arbre du parc. Souvent, il allait s'installer au bord de la route. Qu'attendait-il ? Plusieurs fois, je lui ai rendu visite et, comme dans son hameau natal, il courait en criant : « La Régine est là ! La Régine est là ! » Il m'offrait alors un bouquet de fleurs des champs : il se souvenait que je les aimais. Cet humble cadeau me bouleversait. Il avait la télévision dans sa chambre où il me vit dans des émissions. Il ameutait alors tout l'asile en disant que j'étais dans le poste. J'ai su que cela était pour lui un grand bonheur.

Eut-il des pulsions sexuelles ? Je n'en sais rien. Mais tout me porte à croire qu'il n'en eut pas.

Il vit toujours dans cet asile où il reçoit peu de visites.

Quand je pense à lui, j'ai des remords. Je me reproche de ne pas aller le voir quand je séjourne dans la région.

Je le revois courant derrière ma voiture, lors de ma dernière visite… J'ai alors le sentiment de l'abandonner à son triste sort.

Je pense à tous ces garçons qui, comme lui, sont des demeurés, enfermés dans leur condition d'idiot du village. Que fait-on pour eux ? Qui s'inquiète de leur solitude affective et sexuelle ? Je suis sûre que Serge aurait trouvé une forme de bonheur dans des caresses, dans une relation tendre…

Je me rends bien compte que ce court texte peut déranger, gêner et choquer certains lecteurs. Ce n'est pas là mon but. Cela s'est imposé à moi, malgré moi.

En quoi suis-je autorisée à traiter de la vie sexuelle des handicapés ? Je m'avance dans un chemin semé d'embûches où les critiques ne me seront pas épargnées. D'une certaine manière, je le comprends mais je ne l'accepte pas. De quoi se mêle-t-elle ? penseront les plus indulgents. En quoi est-elle habilitée à parler de cela ? Je me sens comme au temps de *L'Or du temps* et de mes nombreux procès : démunie, seule, inadaptée à ce monde de l'argent et de la compétition, de l'indifférence aussi. Pourquoi me lancer dans cette entreprise si je n'ai pas la force de l'assumer ? Pourquoi tenter de dire avec des mots, de pauvres mots, les souffrances de ceux qui sont différents ? Pourquoi ne puis-je restée insensible à des malheurs que je connais mal ? Ce n'est pas avec ce petit livre que je vais aider à faire cesser cet état de choses. Peut-être, cela va-t-il les aggraver. Cela, je ne le veux pas.

On me reprochera de n'avoir parlé que de la vie sexuelle de ces malheureux et pas assez de la vie de leur entourage. Je n'ai pas pu faire autrement. Je n'ai pas trouvé d'autre moyen pour dire ma compassion. Alors, taisez-vous !... Me taire ? Oui, bien sûr. Mais nous nous taisons sur tout : sur les sans-papiers, les sans-logis, les femmes battues, les enfants maltraités, ceux qui meurent chaque jour de faim. Nous n'avons pas le courage d'être solidaires. Avons-nous peur de perdre quelque chose ? Si nous ne faisons rien, c'est notre âme que nous perdrons et, aussi, un peu de notre dignité d'être humain. Avant de mourir dans la dignité, il faut vivre dans la dignité. Et cela est difficile !

SEXE ET HANDICAP EN FRANCE

Sur le plan légal, l'assistance sexuelle est en France assimilée à la prostitution. Un membre du personnel médical, qui organiserait une rencontre sexuelle pour un résident en institution ou un patient à domicile, risquerait d'être accusé de proxénétisme. Cette situation n'est pas en passe de s'arranger, le gouvernement français n'y étant pas favorable. Roselyne Bachelot, la ministre des Solidarités et de la Cohésion sociale, a déclaré, outrée, à un journaliste qui lui posait la question : « Vous pensez que la ministre en charge du droit des femmes va soutenir un truc pareil ? »

Un truc pareil !... Ce « truc » qui pourrait aider tant de personnes privées de tendresse et de vie sexuelle du fait de leur état.

Il existe pourtant des hommes et des femmes capables d'aider les handicapés à connaître le plaisir. « Je joue sur des instruments cassés, abîmés, que personne ne touche. Pour qu'ils ne s'attachent pas, il est indispensable de poser des limites à la relation. Je dois leur rappeler qu'un moment de sexualité et de complicité partagé ne fait pas de moi leur petite copine », déclare une assistante sexuelle. Toutes les trois semaines, elle rend visite, chez ses parents, à un handicapé moteur et cérébral. « Je le vois s'épanouir, s'affirmer. Dans le groupe de parole auquel il participe, il a commencé à s'exprimer, lui qui restait enfermé dans son mutisme. »

« Aux Pays-Bas, au Danemark et en Allemagne, l'accompagnement érotique existe depuis plus de deux décennies et, chez nos voisins de Suisse alémanique, depuis 2003 », explique Catherine Agathe-Diserens, 58 ans, diplômée de pédagogie curative et d'éducation spécialisée, présidente de Sexualité et handicaps pluriels (SEHP). Sa formation est la première dispensée en français.

« La question délicate de l'assistance sexuelle a émergé dès les années 1980. Les personnes elles-mêmes, soulagées de pouvoir enfin parler sexualité, ont exprimé le désir de vivre des expériences. Beaucoup de personnes handicapées sont en demande de relations amoureuses, de rencontres affectives. Or l'assistant ou l'assistante sexuel n'est pas, ne sera jamais un petit ami. Pour qu'elles ne s'attachent pas, il est indispensable de poser des limites à la relation. » Catherine a passé douze ans dans des institutions accueillant des handicapés avant de reprendre des études de sexologie. « On m'avait formée pour accompagner ces personnes au quotidien. Mais j'étais dans l'incapacité de leur apporter des réponses dans le domaine de leur vie sexuelle. »

Un colloque a eu lieu en novembre 2010 sur *Handicap et sexualité*. Le député UMP, Jean-François Chossy, travaille sur un projet de loi pour légaliser les assistants sexuels. *Le Parisien* a rencontré un de ces assistants et a recueilli son témoignage : « J'ai une vie de couple riche et épanouie, une femme que j'aime, des enfants. Et c'est là, justement, que je trouve cette force de partager un peu de mon bonheur avec des personnes lourdement handicapées, en grande souffrance. » Pascal, cinquante ans, est kinésithérapeute et psychologue de formation. Il a suivi une formation d'aidant sexuel qu'il exerce deux jours par mois bénévolement auprès de personnes handicapées en mal de tendresse, de caresses. Pascal s'est fixé certaines limites dans sa pratique. « Je ne propose pas de rapport sexuel complet, ni pénétration ni fellation. Mais j'offre des caresses pouvant aller jusqu'à l'orgasme et des corps-à-corps dans la nudité. Une femme m'a dit "J'ai cinquante-quatre ans et je n'ai jamais été prise dans les bras d'une personne de l'autre sexe ; j'aimerais connaître cela avant de mourir. » Pascal s'occupe aussi bien des hommes que des femmes. L'intimité qu'il offre est gratuite, mais très enrichissante. Chaque rencontre est une aventure. L'émotion est là, et on se rend compte que la beauté peut se réveiller dans un corps blessé, meurtri, abîmé. Il ajoute : « Je trouverais plus sain d'être rémunéré comme dans les autres pays mais, en France, cela est interdit et assimilé à du proxénétisme. »

Les choses, cependant, semblent devoir bouger. On a parlé récemment à la télévision de la vie sexuelle des handicapés et des vieillards ainsi que des assistants sexuels. Cela sera-t-il suffisant pour qu'une solution soit trouvée ? J'en doute, malgré les nombreuses volontés qui se penchent sur ce problème. Comment échapper à la tentation de juger ces hommes et ces femmes qui tentent d'apporter un peu de réconfort et de tendresse à ces malheureux enfermés dans des corps meurtris ou prisonniers d'un esprit différent qui fait dire qu'ils sont fous ? Notre société permissive n'accepte pas la différence, elle la combat parfois. Elle ne sait pas guérir ces maladies de l'âme que les anciens tentaient de soigner avec des graines d'hellébore, notre rose de Noël, qu'un ange fit fleurir pour qu'une jeune et pauvre bergère puisse offrir des fleurs à Marie, la nuit de la naissance de son fils Jésus. Julia Kristeva s'est penchée avec courage et détermination sur le handicap tel qu'il est perçu par celui « qui n'en est pas atteint ». « Je sens monter en moi la colère contre la tyrannie de la normalité», écrit-elle. En tant que mère d'un enfant handicapé, elle est plus à même que quiconque de pouvoir en parler. «La mère d'un enfant handicapé doit accompagner, traverser et traduire la rencontre avec cette irrémédiable différence qu'est la déficience… La vocation propre à la passion maternelle qui donne et accompagne la vie reste toujours énigmatique. Antigone, Ophélie, la Pietà en font partie, et leur destin n'est pas seulement masochiste ou mélancolique mais révèle une extraordinnaire maturité que les mères déploient pour assurer ce que j'appelle la reliance de leurs enfants. Les relier à eux-mêmes, à elles-mêmes, aux autres. »

Pour Roselyne Bachelot, ministre des Solidarités et de la Cohésion sociale, « l'assistance sexuelle n'est pas un travail ». Pour elle, les personnes handicapées qui auraient «droit» aux services d'un aidant sexuel, verraient leur sexualité réduite à la stricte satisfaction du besoin naturel. Elles seraient niées comme « êtres de désir ». Pour certaines personnes souffrant d'un handicap, cela serait déjà les reconnaître comme étant des personnes ayant des besoins sexuels. Dans *Libération*, Alexis Girszonas, âgé de 22 ans et handicapé, dans une lettre ouverte à Roselyne Bachelot, écrit : « Je suis en désaccord avec cette position qui me semble ne pas tenir compte de ce qu'est la réalité vécue par les premiers concernés. » Pour Véronique Dubarry, toujours dans *Libération*, « la question de la sexualité des personnes handicapées fait encore frémir, elle fait peur. Tout cela rend difficile un discours posé et serein. Sujet tabou, "effrayant", passionné... et complexe. Complexe parce que chaque situation est particulière : en fonction de chaque personne, du type du handicap, de l'âge, de la vie en établissement, à domicile... Et certaines réalités fort dérangeantes : ces aides-soignants confrontés aux pulsions de leurs malades, ces éducateurs qui racontent qu'ils sont “bien obligés d'emmener leurs pensionnaires aux putes”, ou bien cette femme d'une soixantaine d'années demandant que quelque chose soit mis en place pour qu'elle n'ait plus, tous les matins, à masturber son fils handicapé mental, sous la douche… »

Du même auteur

AUX ÉDITIONS FAYARD

Blanche et Lucie, roman, 1976.
Le Cahier volé, roman, 1978.
Contes pervers, nouvelles, 1980.
La Révolte des nonnes, roman, 1981.
Les Enfants de Blanche, roman, 1982.
Sous le ciel de Novgorod, roman, 1989.
Pêle-mêle, chroniques de *L'Humanité,* 4 volumes, 1998, 1999, 2000 et 2002.
Rencontres ferroviaires, nouvelles érotiques, 1999.
Camilo, biographie, 1999.
La Hire, ou la colère de Jehanne, roman, 2004.
À Paris, au printemps, ça sent la merde et le lilas, souvenirs, 2008.
Deborah, la femme adultère, roman, 2008.

Cycle romanesque *La Bicyclette bleue*

La Bicyclette bleue, roman, 1981.

101, avenue Henri-Martin, roman, 1983.

Le Diable en rit encore, roman, 1985.

Noir Tango, roman, 1991.

Rue de la soie, roman, 1994.

La Dernière Colline, roman, 1996.

Cuba libre, roman, 1999.

Alger, ville blanche, roman, 2002.

Les Généraux du crépuscule, roman, 2003.

Et quand viendra la fin du voyage, roman, 2007.

AUX ÉDITIONS CALMANN-LÉVY

Casanova était une femme, correspondance avec Sonia Rykiel illustrée par Claire Bretécher, 2006.

Aux éditions Jean-Jacques Pauvert

O m'a dit, entretiens avec Pauline Réage, 1975.

Aux éditions du Cherche Midi

Les Cent plus beaux cris de femmes, anthologie, 1980.
Poèmes de femmes, anthologie, 1993.

Aux éditions Nathan

Léa au pays des dragons, conte pour enfants, 1982.

Aux éditions Ramsay

L'Apocalypse de saint Jean, 1985.
Ma cuisine, 1989.

Aux éditions du Seuil

Léa et les diables, 1991.
Léa et les fantômes, 1992.
Le Couvent de sœur Isabelle, 1992.

Aux éditions Albin Michel

Pour l'amour de Marie Salat, roman, 1987.
Le Collier de perles, roman, 2004.
Les poètes et les putains avec Claudine Brécourt-Villars, 2004.

Aux éditions de l'Imprimerie Nationale

Juliette Gréco, photos d'Irmeli Jung, 1990.

Aux éditions Spengler

Paris Chansons, photographie de Patrick Bard, 1993.

Troubles de femmes, nouvelles, 1994.
Roger Stéphane, ou la passion d'admirer, 1995.

AUX ÉDITIONS BLANCHE

L'Orage, roman, 1996.

AUX ÉDITIONS BLANCHE-ROBERT LAFFONT

Entre femmes, entretiens avec Jeanne Bourin, 1999.

AUX ÉDITIONS CALLIGRAM

Les Chiffons de Lucie, 1993.
L'Arche de Noé de grand-mère, avec Janet Bolton, 1995.

Aux éditions Stock

Les poupées de grand-mère avec Nicole Botton, 1994.
Marc-Émile Baronheid, *Régine Deforges, l'inconduite,* 1995.
Ma cuisine, 1996.
Les non-dits de Régine Deforges, entretiens avec Lucie Wisperheim, 1997.
Ces sublimes objets du désir, avec Claudine Brécourt-Villars, 1998.
Le Tarot du point de croix, avec Éliane Doré, 2001.

Aux éditions Mango

La Chanson d'amour, petite anthologie, 1999.

Aux éditions du Rocher

L'Érotique des mots, avec Chantal Chawaf, 2003.

Aux éditions Hoëbeke

Toutes belles, photos de Willy Ronis, 1992.

Aux éditions L'Inédite

La Collection de point de croix de Régine Deforges, 2006.
Recettes brodées de Régine Deforges, avec Bernadette Baldelli, 2008.